KB158191

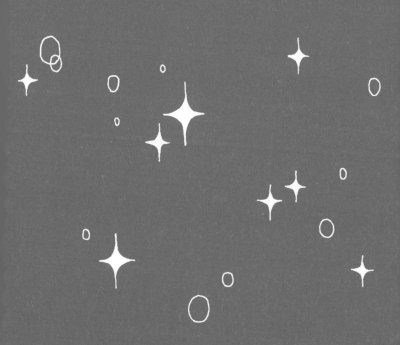

# 팬텀 이미지

정지돈 글 × 최지수 그림

미메시스

# 차례

1978년 11월 27일 오전 8시 30분. 한국을 찾은 외국인 관광객이 최초로 1백만 명 선을 넘었다. 1백만 번째로 우리나라 땅을 밟은 관광객은 오전 8시 반 미국 로스앤젤레스 발 KAL 005편으로 김포공항에 내린 미국인 바버라 리 존슨 부인(59, 캘리포니아 주 새크라멘토 거주)이었으며 같은 비행기로 온 존빈 크너슨 양(23, 미 애리조나 주 거주)과 야산 아나우드 씨(34, 미국인, 무역업)는 각각 1백만째 전후의 입국자가 됐다. 이날 공항에는 교통부, 국제관광공사, 한국관광협회 등 1백여 명이 나와 관광객들을 환영했는데 존슨 부인은 이 같은 사실을 전혀 모르고 있다

팬텀 이미지

가 트랩을 내리면서 화환과 박수를 받자 어리둥절한 표정을 지었다. 남편 아서 존슨 씨(63)와 함께 내한한 부인은 공항 귀빈실에서 김좌겸 국제관광공사 사장이 세계 일주 무료 항공권과 보석함을 기념품으로 주자 〈해피 해피〉를 연발했다. 관광공사는 이날 입국한 외국인 관광객 전원에게 복주머니를 선물했다.

다나카 히데미쓰는 세계 일주 항공권을 바버라 존슨에게 뺏겼다고 생각했다. 내가 1백만 번째 방문객이었어. 그는 동아일보의 기사를 몇 번이나 소리 내 읽었다. 김신은 그렇게 생각하는 이유를 납득할 수 없었다. 다나카가 바버라 존슨과 같은 비행기를 탄 건 맞다. 덕분에 그도 복주머니를 받았다. 그 정도면 됐잖아. 김신이 말했다. 고작 복주머니로? 다나카는 한국 정부가 고의로 일본인을 배제했다고 말했다. 한국전에 참전한 미군 소령 아서 존슨의 아내를 선택한 거지. 다나카가 기사를 읽어 내려갔다. 새크라멘토 시에서 네 자녀와 손자 아홉을 두고 한 명의 한국 고아를 8년 전부터 후원하고 있는 존슨 부인은 남편이 6.25 참전 용사로 한국과 인연이 깊어 관광 차 일주일 예

정으로 입국했다. 손자가 아홉이라고. 이게 우연이라고
생각해? 응?

　다나카는 경주의 도큐 호텔에 짐을 풀었다. 김신은
고모에게 정미와 1박 2일 경주 여행을 다녀오겠다고 했다.
도큐 호텔의 수영장이 그리웠지만 11월 말이라 바람이 찼
고 온수 풀은 준비되어 있지 않았다. 다나카는 수영을 못
했다. 그는 물이 빠진 수영장 난간에 걸터앉아 지기 시작
한 단풍을 보았다. 김신에게 전국의 모텔을 떠돌며 수영
장 청소를 하는 오리건 주 출신 남자에 대한 이야기를 들
려주었다. 그는 대공황의 자식이야. 아버지는 임신한 아
내를 두고 자살했어. 어머니는 그가 열두 살 때 오렌지카
운티 교외의 바에서 실종됐고 두 달 뒤 시체로 발견됐어.
경찰은 바텐더, 손님, 직장 동료, 잠시 만났던 남자, 이웃
들 모두 조사했지만 술에 절은 몇몇 용의자의 살인과 관
계없는 사소한 범죄만 감지했을 뿐 끝내 범인을 찾지 못
했어. 매일 전국의 술집에서 여자들이 구타당하고 실종되
는 일이 일어나던 때였어. 미국은 종전 이후 황금기를 맞
이했고 매카시즘 광풍에 휩싸였으며 꽃의 시대가 찾아왔

지. 그러니 교외의 어두컴컴한 바 뒤에서 무슨 일이 있건, 여자들이 비명을 지르건 아무도 신경 쓰지 않았어. 그건 그 여자들의 문제 아니야? 수영장 청소부는 그렇게 생각했고 1965년, 약에 절어 샌프란시스코로 향했다. 그가 무슨 일을 하며 젊은 시절을 보냈는지 아무도 몰라. 싸구려 잡지, 싸구려 영화, 싸구려 소설을 보며 자위를 하거나 아주 가끔 자기를 마음에 들어 하는 여자 또는 남자를 만났지만 대부분 엉망이었고 그림을 그리는 유일하고 오랜 친구는 1978년, 지하철에 뛰어들어 생을 마감했어. 정신 차려 보니 수영장 청소 업체의 직원이 되어 있더군. 마흔 살이 넘었을 때였나. 늘 수영장을 좋아했는데, 선 베드에 누워 고양이를 키우는 자학적인 탐정의 이야기를 읽는 거지. 가끔 과나후아토에서 온 가우초와 포커를 치고 여자를 만나러 바에 가기도 했어. 콧수염도 다듬고 옷도 깨끗하게 입었어. 자경단 놈들에게 잘 보이려고 웨스턴 셔츠를 입고 케네디를 가톨릭 씹새끼라고 불렀지만 스스로를 무정부주의자라고 생각했고 투표 날에는 하루 종일 극장에 앉아 마이클 파월이 만든 전쟁 영화를 봤어. 이래 봬도 백인

　　　　　　　　　　　　　　팬텀 이미지

의 자식이며 캘리포니아의 수영장 청소부 중 가장 청결하고 지성적이야, 라고 떠벌리고 다녔고 1970년대의 절반을 재활원에서 보냈으며 가끔 TV로 봤던 것들을 떠올렸고 맥주를 마시며 야간 청소를 할 때면 일어났던 일 같기도 하고 그렇지 않은 것 같기도 한 일들을 생각했어. 한국전에 참전했을 때 부대 지휘관이 아서 존슨이었는데 그때 청소부의 나이 열다섯, 그는 가난한 친구와 신분증을 위조해 자원입대했다고 생각했고 소설에서 그런 내용을 본 것 같기도 했다. 〈밤의 군대〉라는 제목의 소설로 크리스마스를 모르는 동양인들에게 전투기 조종사가 전쟁의 참혹함과 예수의 구원에 대해 들려주는 내용이었고 눈이 내리는 이브의 저녁 그와 그를 구해 준 동양의 부대원이 포커를 치고 있는 산장에 소이탄이 떨어져 몰살당하는 꿈에 대한 소설이었어. 꿈의 군대였나? 청소부는 베트남 반전 시위에 참여했고 히피들과 어울렸으며 라 몬테 영의 공연을 쫓아다녔고 글을 쓰고 그림을 그리는 누구보다 쓰레기 같은 책을 많이 읽었다고 자부했어. 그는 늘 카펫에 누워 있었는데 사람들은 똥이라도 본듯 그를 피해 갔고 아무도 말을 걸지 않았다. 하지만 그를 쫓아내진 않았어. 그는 키가 크고 등이 아픈 참전 용사였고 소련을 두려워하지도 미워하지도 않는 몇 안 되는 미국인이었거든. 그를 챙긴 건 앵포르멜에 빠진 불알친구 장 필립 모로 하나뿐이었는데 모로는 해결 못할 딜레마에 빠진 사내로 자신이 미치지 않았다는 사실 때문에 매일 아침 절망에 빠졌어. 발보아 가의 폭립 집에서 함께 아침을 먹곤 했는데 계란 노른자를 가리키며 가짜가 되면 안 돼, 가짜가 되면 안 돼, 필립, 이라고 중얼거렸고 가끔 묵언 수행을 하고 신흥 종교에 빠지기도 했지만 어디에도 진심으로 빠지지 않았어. 모로의 가족력에는 정신병이 없고 흔한 우울증 환자도 없었어. 그의 아버지는 세금 공무원으로 가끔 어머니를 때렸지만 아들에게 손을 대진 않았고 어머니는 빨래에 집착하는 여자로 소일거리로 이웃들의 빨래를 하고 용돈을 벌기도 했는데 그 돈으로 뭘 했는지 모르겠어. 모로는 어머니를 모른다는 사실을 어머니를 생각하기 전에는 한번도 몰랐다고, 그녀의 유년 시절이나 젊음은 고대인들의 삶보다 더 수수께끼 같다고 말하곤 했어. 옛날 사람들에 대해서는 매년 영화를

만들지만 그녀에 대해서 만든 영화는 한 번도 본 적 없어. 모로가 지하철에 뛰어든 건 이해할 수 없는 일이었다고 청소부는 말했다. 모로에게 가끔 편지가 왔는데 비와 강물에 대한 이야기가 대부분으로 그게 자신이 다룰 수 있는 유일한 주제라고, 엄청난 양의 폭풍과 비로 불어난 강물이 북아메리카의 앵글로·색슨을 모두 태평양으로 휩쓸어 버릴 거야, 그게 바로 앵포르멜이야. 1975년 한 편지에서 모로는 말했고 수영장 청소부는 재활원에서 편지를 읽으며 미치길 원했던 친구가 미쳐 가는 걸 기뻐해야 할지 슬퍼해야 할지 알 수 없었어. 다나카는 김신에게 편지를 읽듯 말했고 이것은 자신이 미국의 어느 라디오 프로그램에서 들은 남자의 일생을 소설을 쓸 요량으로 극화한 것인데 이미 너에게 말해 버렸으니 나는 소설을 쓸 수 없다, 어떻게 할 것이냐, 라고 했다. 왜 쓸 수 없냐고 김신이 묻자 다나카는 소설은 일종의 마법과 같아서 발설하면 기운이 빠진다, 내면의 두께가 소진되어 원래의 상태로 돌아갈 수 없다고 말했다. 소설은 일종의 점조직이야, 동료 조직원의 주소도 직업도 알 수 없고 오직 그가 전달해 준 정보만 다시 전달

할 뿐, 조직원의 상태나 내면에 관심을 기울이기 시작하면 허점이 드러나 조직 전체가 무너지는 거야. 다나카는 진지한 얼굴로 말했지만 김신은 다나카가 즉흥적으로 떠오른 이야기를 영업 비밀이라도 되는 양 심각하게 말하는구나 생각했다. 그럼 다른 걸 쓰면 되겠네. 수영장 청소부의 이야기도 좋지만 좀 더 대중적인 걸 쓰는 게 어때? 그녀는 하인리히 뵐 같은 독일 작가의 침울하고 참여적인 작품이 좋았다. 자신은 문공부 장관인 고모부의 집에서 배부르게 자랐지만 고모부는 고모부일 뿐 부모도 없이 친척집을 전전하며 살았고 일찍 직업 전선에 뛰어들어 하층민의 삶을 잘 안다고, 한국의 소년 소녀들은 수영장이 있는 호텔이나 주택 따위 상상도 못 할 거라고 말했다. 다나카는 내 소설은 번역될 리 없어, 출간될 리도 없는데 번역이 되겠니, 그는 난간에서 훌쩍 뛰어 수영장 바닥으로 내려갔다. 바닥엔 젖은 낙엽들이 가득했고 다나카는 낙엽들을 짓이기거나 발로 차며 걸었다. 출간되지도 않을 소설을 왜 쓰는 거야. 김신이 물었고 다나카는 그 말 당장 취소하라며 그건 소설에 대한 모독이라고 했다. 소설가라면 모름지기 출간

되지 않을 거라는 각오로, 거절당할 거라는 각오로 글을 써야 해, 더 좋은 건 원고를 보내지 않는 것이지. 김신은 이해할 수 없었다. 보내지도 않을 소설을 왜 쓰지? 그녀는 서울에 갈 거라고, 웨스틴조선에서 일하는 친구가 나이트클럽에 자리가 났다고 올라오라고 했다고 말했다. 다나카는 내가 1백만 번째 관광객이 됐다면 사은품으로 받은 보석함에 보석을 넣어 뒀을 거야, 일을 그만두고 세계 일주를 떠나 각 나라의 해변이 있는 호텔에 머물며 그에 어울리는 소설을 써서 너에게 보낼 거야. 그럼 넌 매 계절마다 도큐호텔에서 내 편지 – 소설을 읽고 지하 아케이드를 떠도는 영화감독 지망생을 만나 영화화를 제안하는 거지. 어때? 김신은 웃었다. 영화감독은 말랐지만 뼈대가 크고 단단한 몸을 가진 사람이었으면 좋겠어, 얼굴은 얼이 빠져 보이고 기름기가 없지만 귀여운 느낌이었으면 좋겠고 자기가 만든 이야기에 빠져 아이 같이 기뻐하다가 풀 죽기를 반복해서 보고 있으면 웃기지만 그런 걸로 스트레스를 주지 않는 사람이면 좋겠어. 영화가 베니스영화제에 초청받아 호텔 엑셀시오르에서 아침을 먹고 빛에 반사된 새하얀 대리석에 눈살을 찌푸리며 팔라초 데 시네마를 걷고 인도에서 온 제작자와 인사를 나눈다, 영화는 수상에 실패했지만 나랑 상관없는 일이야, 베인즈의 해변에서 프레스코볼을 즐기는 이탈리아 남자와 독일 여자를 만나 중동을 떠돌고 하이재킹을 한 여객기를 타고 엔테베 공항에 도착해 연락이 두절됐으면 좋겠어, 비에 흠뻑 젖은 채 모로코의 대사관 로비에 앉아 있는 나를 찾으러 다나카가 차를 몰고 오는 거야, 돌아가는 길에 우리는 아무 말도 하지 않지만 아틀라스 산맥 너머 해가 뜨고 다나카의 머릿속에는 다음번에 쓸 작품이 떠오른다, 유럽에서 길을 잃은 간호사와 독재 국가의 부름을 받은 작곡가에 대해서, 자꾸만 튕겨져 나가는 역사의 흐름과 시간을 가까이서 아득하게 묘사는 작품. 근데 소설 쓸 시간이 없어. 다나카가 말했다. 다나카는 올해도 지하철 공사를 하느라 출장을 다녔다. 지하철도영단에서 출간한 『지카테쓰토 셋케이』를 옆구리에 끼고 서울, 타이베이, 뉴델리, 바르샤바. 전 세계를 돌아다녔다. 도시 지하에 또 하나의 세계가 생기고 있어. 뉴욕의 버려진 지하철 정거장에는 귀신이 산다고 하는데 귀신이 살고 있으면 그 귀신은 더 이상 귀신이 아닌 걸까, 그런데 그런 소문은 지하에 사는 노숙자나 사회 부적응자들을 보고 착각한 것인데 지하에 사는 사람들을 산 사람이라고 할 수 있을까, 지옥이 지하에 있는 건 내려가면 알게 된다, 공기의 무게, 암반의 색조, 중심에서 울려오는 고요한 음성, 그건 맨틀이 움직이는 소리일까. 지하 35킬로미터 지점에 있는 지각과 맨틀의 불연속면을 모호로비치치 불연속면, 줄여서 모호면이라고 불러. 모호로비치치는 크로아티아의 대장장이 아들로 태어나 열다섯에 이탈리아어, 불어, 영어, 독어, 라틴어, 희랍어를 깨친 천재였어. 그는 바카르의 왕립 항해 학교에서 교사로 있을 때 쥘 베른의 『지구 속 여행』을 읽고 오토 리덴브로크 박사를 흉내 내기 시작해, 보폭을 1미터로 정확히 맞춰 자로 잰 듯 기계처럼 걸었고 꽉 쥔 두 주먹은 만년필을 쥘 때도 펴지 않았다, 지구 속에 지구가 있다고 생각했고 기상학과 지질학에 관심을 가지게 됐는데 그건 기상 현상이 지구의 말, 대지의 언어이자 신호라고 생각했기 때문이었고 항해사의 딸인 아내 실비야에게 땅 밑으로 가자고, 이 아래에 분명 이상한 게 있는데

아무렇지 않은 얼굴로 사는 게 이상하지 않느냐고 말하곤
했어. 가자, 땅 밑으로, 가자, 지옥으로. 다나카는 말했고
지하수와 하수도에 대해 곡면과 궤도에 대해 지루하고 중
요한 이야기를 늘어놓았다. 김신은 딱 한번 지하철을 타
봤다. 이제 서울에 가면 매일 타는 거? 동대문에서 시청으
로, 시청에서 종로 5가로. 그렇지만 조금 무섭다. 땅이 무
너지면 어떡해? 김신은 불안에 떨었고 다나카는 땅 위로
다녀도 땅이 무너지면 다쳐, 아…… 김신이 고개를 끄덕
였다. 고마워, 이젠 땅 위로 다닐 때도 불안하겠네. 그래,
그러니까 무서워할 필요 없어. 다나카가 말했다. 불안은
현상이 아니라 심리야, 그러니 더 이상 아무것도 불안해할
필요 없고 아무것도 불안하지 않을 거야. 다나카는 중얼
거렸다. 딸이 태어났어. 다나카가 말했다. 일본의 아내가
딸을 낳았는데 누가 키워야 할지 모르겠다. 다나카는 이
혼할 생각이지만 한번도 이혼할 생각이라고 말한 적이 없
다. 김신은 다나카의 이혼에 관심이 없다. 속으로 왜 그렇
지 되묻곤 하지만 관심이 없었고 어쩌면 있는데 무의식적
으로 차단하는 걸까 생각했지만 그녀는 일본에서 다나카

가 뭘 하든 관심이 없다, 그녀는 상경을 하고 돈을 벌어야 했고 영남대를 다니는 남자 친구는 요트에 취미를 붙인 철부지고 자신의 삶은 여기에 있지 않다, 나는 내 삶을 믿지 않아, 여러 번 되뇌었다. 그저 조금 짜증이 날 뿐이다, 고민할수록 짜증이 날 뿐이어서 어째서라고 생각하게 된다. 김신은 가장 친한 친구인 정미가 새엄마 아래서 자랐고 미쓰킴텔라에서 맞춘 정장을 빼입고 다니는 멋쟁이에 부잣집 딸이지만 늘 불만에 차 있다고 말했다. 언제나 반대로 하고 싶어 해. 뭐의 반대? 모든 것의 반대. 김신은 말했다. 그녀는 부모가 없는데 부모가 있는 건 어떤 느낌일까, 아빠는 술에 취해 엄마를 때리거나 새로 산 옷에 불을 지르겠지, 그럼 나는 집을 나와 버스를 타고 종점에 내려 모르는 동네를 한없이 걷고 그러다 마주한 호텔에 들어가 메이드로 일하며 늦은 밤에는 빈 수영장에서 맥주를 마시며 수영을 하는 쓸쓸하고 강한 아이가 될거야, 어느 날 호텔에 투숙한 아빠와 엄마를 우연히 만나고 로비에 불을 지른 후 수영장에 들어가 호텔이 타는 모습이 물에 비치는 걸 바라볼 거야. 김신은 도큐 호텔 수영장 벽의 갈라진 페인트를

팬텀 이미지

뜯어내며 말했다. 무서운 일이 많아, 다나카는 모르지. 아버지는 모두 아내가 둘 이상이었고 어머니는 자식이 둘 이상이었다. 다나카는 수영장의 반대편에 있는 사다리로 올라가 어린이용 풀의 미끄럼틀로 향했다. 김신은 몸에 맞지 않는 미끄럼틀을 달려 내려오는 다나카를 봤다. 대한뉴스에서 바버라 존슨이 상을 받고 기념 사진을 찍는 모습을 봤다. 정장을 입은 공무원이 바버라 존슨과 아서 존슨의 사이를 비집고 들어와 섰다. 아서 존슨은 대머리였고 안경을 쓰고 있었다. 콜라를 마시는 미셸 푸코 같아요. 아서 존슨의 사진을 본 상우가 말했다. 상우는 경주에 가고 싶었지만 경주 맛집을 검색한 뒤 싫어졌다고 했다. 한기는 경주까지 뒤로 걸어서 가고 싶다고 말했다. 왜요? 길티플레져예요. 한기가 대답했다. 그게 무슨 말이에요? 내가 묻자 한기는 제 길티 플레져는 뒤로 걷는 것입니다, 라고 대답했다. 나는 무슨 맥락에서 나온 말인지 이해할 수 없었다. 설명을 요구하자 한기는 죄송합니다, 제가 이상한 거 같아요, 은진이도 저보고 아무 말이나 하지 말래요, 라고 말했다. 은진은 한기의 아내다. 나는 한기에게 아내가 있다는 사실에 가끔 놀란다.

정오가 조금 지난 시간이었고 우리는 경주 동천동의 평범한 골목에 도착했다. 육전국수를 먹으러 가는 길이었다. 11월 말이었고 온도는 영하와 영상을 오갔다. 자전거를 탄 중학생 두 명이 우리를 스쳐 지났다. 상우가 그들을 가리키며 말했다. 제 전생을 보는 것 같아요. 상우는 육전국수를 먹고 난 뒤 트윗을 올렸다. 올해의 음식 육전국수.

상우와 한기와 나는 종종 함께 다녔고 그때마다 뭔가 실수하는 거 같다고 생각했다. 내 인생이 왜 이렇게 돼버렸지. 그러나 나는 친구가 없고 만나고 싶은 사람도 없으니 큰 문제가 아닐지도 모른다. 우리가 경주에 오게 된 것 역시 그랬다. 아무도 우리가 경주에 같이 간 이유를 알지 못했다. 여행 가는 거예요? 누군가 물었고 나는 여행을 싫어한다, 여행을 혐오한다, 여행은 자본주의 최후의 꽃이다, 내가 가장 싫어하는 건 여행객이고 자유로운 영혼이고 히피를 흉내 낸 차림으로 인도와 동남아와 제주도를 떠도는 사람들이고 유럽의 카페와 공원 사진을 인스타그램에 올리는 사람들이고, 또 사람들, 사람들, 사람들입니다, 라

팬텀 이미지

고 말하고 싶었지만 말하지 않았다. 왜냐하면 나도 그런 사람이고 내 친구들도 그런 사람이고 나와 상관없는 사람들도 그런 사람인데 그렇다면 어디로 가야 하는 걸까. 나는 떠나는 과정이 싫었다, 티켓을 끊고 숙소를 예약하고 짐을 챙기고 맛집과 미술관과 쇼핑센터를 알아보는 것, 공항과 터미널을 거치고 아는 이가 아무도 없는 곳에서 이방인 놀이를 하며 감상에 젖는 것, 지금도 이방인이고 내가 사는 곳에도 나를 아는 이가 없고 나는 언제나 혼자인데 뭐하자는 수작이지, 나는 한기에게 말했고 한기는 역시 거장이시네요, 라고 말했다.

사실을 말하자면 경주에 온 목적이 있었다. 한 신문사의 요청으로 지방의 장소에 대한 글을 써야 했고 그 장소는 자신만의 휴양지, 마음의 안식처 따위로 말할 수 있는 알려지지 않았지만 고즈넉하고 품위 있는 곳이었으면 한다고 기자는 말했고 나는 당연히 그런 곳을 몰랐다. 그렇지만 청탁을 거절하지 않았다. 돈을 벌어야 했고 정말 쥐꼬리만 한 돈을 주는 일이라도 할 수 있다면 다 한다, 나는 상우에게 말했고 상우는 말없이 엄지손가락을 들어 주었다. 경주를 선택한 건 순전히 우연이었다. 청탁을 받았을 때 경주를 잘 아는 친구가 곁에 있었고 즉흥적으로 경주에 추천할 곳이 있는지 물었다. 친구는 서출지, 라고 답했다. 처음 듣는 곳이었고 그래서 목적지는 서출지가 되었다. 여기까지가 경주행의 목적인데 한기와 상우는 왜 함께 경주에 오게 됐을까. 아마 할 일이 없기 때문이겠지. 나는 한기와 상우에게 경주에 왜 온 거냐고 물었고 상우는 새로 산 카메라를 보여 줬다.

위키피디아는 서출지를 이렇게 소개한다. 경주 서출지는 경주시 남산동에 있는 삼국시대의 연못이다. 대한민국의 사적 제138호로 지정되어 있다. 신라 소지왕 때, 이 못 근처에서 왕비의 비행을 알리는 글발이 전해졌다는 고사가 있다. 1938년 4월 22일자 동아일보는 서출지의 내력을 다음과 같이 쓴다.


신라 소지왕 십년 정월보름날, 임금님은 여러 신하들을 거느리시고 천천정이란 정자로 거동을 납시었습니다. 임금께서 정자에 올라가시어 막 의자에 앉으시려할 때에

팬텀 이미지

난데없는 쥐한마리가 정자 밑에서 나오더니 정자 앞 나무 가지에 앉은 까마귀와 무슨 이상스러운 울음으로 서로 주고 받더니 까마귀가 날아가매, 쥐가 임금을 보고 〈이 까마귀 날아가는 곳을 찾아가보라〉고 말을 하더랍니다. 쥐가 사람의 말을 하는 것도 괴상하거니와 날라가는 까마귀를 찾아가라는 것이 또한 이상하야 임금님은 말탄기사를 시켜 까마귀를 쫓아가게 하였습니다.

임금의 명령을 받은 기사, 말을 몰아 남쪽으로 피촌 이라는 곳에 당도하니 마침 커다란 도야지 두마리가 싸움을 하므로 정신없이 그것만 보는 통에 그만 까마귀 간 곳을 일혀버리었습니다. 이리하야 기사는 얼을 일코 어쩔 줄 몰라 무한이 애를 쓰며 길까로 헤매고 잇엇더니 그 곁에 있는 못 가운데에서 하얀 늙은이 하나 나와서 봉서 한장을 올리고 그만 못 속으로 자취를 감추어버리드랍니다.

이 봉서는 겉봉에 글이 써 잇으되 봉투를 뜯어보면 두 사람이 죽고 아니 뜯어보면 한 사람이 죽는다, 개견칙이인사(開見則二人死) 불개견칙일인사(不開見則一人死)라고 고하엿읍니다. 기사는 그길로 급히 말을 몰아 그 봉서를 올렷읍니다.

봉서를 받아드신 소지대왕님 이것을 어쩌면 조흔가 떼보자니 두 사람이 죽고 그 역 난처하고 안 떼여보자니 궁금하이 그려, 그러나 저러나 두 사람이 죽는 보다는 한 사람 죽는 편이 나흐니 떼여보지 말기로 하세 하시고 다른 신하를 둘러보시엇습니다. 그 중 지혜 잇는 신하 한사람이 나서드니 아니올시다 한사람이라 함은 임금님을 가르치심이오 두 사람이라 함은 백성을 이름 이오니 봉서를 떼오 보심이 당연합니다 하고 아뢰엇읍니다. 봉서를 떼고 보시니 싸고 싼 그 속에는 아모것도 없고 조고만한 조희쪼각에 〈검음고 넛는 상자를 쏘라, 사금갑(射琴匣)〉이라는 글자만 쓰이어 잇더랍니다.

그리하여 활 잘쏘는 사람을 시켜 궁중에 잇는 검음고 상자를 쏘게 하니 뜻밖에도 그 속에는 대궐에 제사를 맡아보는 신하 한사람이 왕비와 함께 숨어 앉어 임금을 죽일 흉게를 의론하고 장차 아모날 죽이고자 날자까지 정해노코 잇더랍니다. 이 두사람은 자기들의 죄를 자백하고 그 자리에서 죽엄을 당햇습니다.

까마귀의 길잽이로 편지 한장을 얻어 임금이 주검을 면하엿으니 그 후부터는 까마귀의 은혜를 갚기 위하야 이 날이면 약밥을 지어 까마귀를 멕이고 그 편지가 나온 못을 서출지라고 불른답니다.

서출지에 관한 기사를 읽는 동안 한기와 상우는 벤치에 앉아 아무도 없는 서출지를 바라보았다. 임금이 죽는 편이 나왔을 텐데. 상우는 서출지 뒤편으로 난 오솔길을 걸어가는 노인을 가리켰다. 저 노인인가요? 우리는 자리에서 일어나 노인의 뒤를 따라갔다. 온갖 종류의 불상이 늘어선 한옥의 마당, 자재를 실은 대형 트럭이 지나가는 소음. 한옥을 끼고 돌아 오솔길을 올랐지만 노인은 자취를 감추었고 농기구와 깨진 불상, 조각난 그릇, 짓이겨진 풀, 나뭇가지에 걸린 비닐과 불에 탄 쓰레기 더미, 공터에는 까마귀의 시체가 가득하지 않았지만 무언가 죽어 가는 냄새가 났다. 갑자기 몹시 추웠고 한기는 두툼한 파카의 지퍼를 올렸다. 상우가 다시 길 아래를 검지로 가리켰다. 까마귀가 한옥의 담 위에 앉아 있었다. 상우의 검은색 키코

코스타디노프의 신발에 모래 먼지가 노랗게 쌓였다. 으스스하네요. 한기가 말했다.

우리는 서출지에서 나와 정강왕릉과 헌강왕릉에 들렀다. 정강왕과 헌강왕은 신라 말기의 형제왕으로 인적이 드물고 알려지지 않은 왕릉을 검색하다가 찾은 곳이었다. 두 왕릉에는 아무도 없었고 릉으로 향하는 소나무 숲길은 지나치게 고요해 거미줄 짜는 소리가 들릴 정도였지만 거미는 보이지 않았다. 고요가 안개처럼 서서히 우리 주변을 덮쳐 오는 게 느껴졌다. 이 숲은 죽은 숲이다. 조류나 파충류는 물론 벌레 한 마리 없고 나무는 성장을 멈췄다. 무덤 때문에 그런 거죠? 상우가 말했다. 형제의 저주.

경주에 왔으니 바다를 봐야죠. 한기가 말했다. 경주에 바다가 있어요? 내가 묻자 한기가 고개를 끄덕였다. 문무대왕릉. 세계 최초의 수중릉이래요. 상우는 해변의 사구를 보고 싶다고 말했다. 경주에 무슨 해변이에요? 내가 재차 말했지만 상우와 한기는 진지하게 대화를 나눴다. 경상도니까 바다가 있지 않을까요. 소금 냄새가 나는 것 같아요. 문무대왕이 김춘수인가요? 상우는 미실은 고현

정이 맞다고 대답했다. 나는 그들의 대화를 어디부터 교
정해야 할지 감이 잡히지 않아 둘 사이에 끼는 걸 포기했
다. 바닷바람이 느껴지시나요? 바람의 방향에 따라 형태
가 달라지는 모래 구덩이와 언덕, 상우는 사구를 굴러 내
려오는 사내아이의 모습을 1970년대 영화에서 봤다고 말
했고 그 영화가 경주에서 만들어진 영국 영화인 것 같다
고 했다. 조셉 로지나 마이크 리가 만든 영화예요, 상우가
말한 영화 속에서 사내아이의 아버지는 아들에게 기관총
을 난사하고 차에 불을 질러 자살한다. 그리고 플래시백.
바다를 배경으로 둔 호텔의 수영장, 도버 해협의 파도가
둑을 넘어 사람들을 덮친다. 물과 불. 한기가 말했다. 저
도 본 거 같아요. 불과 글. 상우가 말했다. 문득 나도 본 거
같다고 생각했지만, 아니다, 이 사람들에게 휘말리지 말
자, 경주에는 바다가 없어요, 해변에 갈 수 없어요, 보문단
지의 갯벌과 폐허가 된 리조트, 말라붙은 호수를 볼 수 있
는 카페가 있을 뿐이에요. 우리는 보문호의 카페에 들렀
고 코모도 호텔에 가는 길에 우연히 콩코드 호텔을 발견
했다. 호텔은 수풀과 먼지로 덮여 있었다. 폐쇄된 호텔의

주랑을 통과해 로비에 이르렀지만 문은 쇠사슬로 굳게 잠겨 있었다. 한 사내가 불 꺼진 경비실에 앉아 전기난로를 쬐고 있었다. 난로의 붉은빛이 문틈으로 새어 나와 로비의 대리석 바닥을 물들였다. 2014년, 호텔이 문을 닫은 이후 난방이 안 된다, 콩코드 호텔은 1978년 1백만 관광객 돌파를 기념해 지어진 경주 최초의 5성급 호텔로 원래 이름은 도큐 호텔이지만 1990년 세계화의 물결에 맞춰 콩코드로 이름을 바꿨다고 사내는 말했다. 호텔에 처음 온 것은 1983년입니다, 태어난 건 찰황인데 어린 시절 내내 북해도를 떠돌아다녔어요, 일본을 떠날 즈음에는 찰황에서 북동으로 40킬로미터 떨어진 암견택시에서 살았는데 어느 날 할아버지가 일도 안 나가고 그러더니 들가방 하나, 멜가방 하나 가지고 이꼬, 이꼬 하는 겁니다, 그래서 할아버지 손잡고 기차 타고 배 타고 기차 타고 경주로 왔어요, 그때 겨우 일곱 살, 어디로 어떻게 오는지도 몰랐고 한국말도 못했어요. 사내의 할아버지 이름은 김부환, 일본 이름은 가나야 도미아키, 1937년 친척 둘과 열여섯의 나이로 홋카이도의 탄광 마을 아카히라시 모시리에 갔다, 그때 할아버지 집이 충남 서산이었는데 며칠을 걸어 기차 타고 부산 가서 연락선 타고 시모노세키 가서 다시 기차 타고 갔다고, 기차를 그때 처음 봤는데 너무 크고 시끄럽고 덥고 무거웠지만 우리는 돈 벌 생각에 신이 났지, 탄광기선주식회사에서 낸 광부 모집 공고를 보고 간 거였고 공고에선 높은 임금과 침대와 목욕탕을 약속했다, 연행당하거나 그런 게 아니니까 타코베야 당할 거라곤 생각도 못 했어, 서산에 아빠도 있고 누이도 있는데 왜 친척이랑 북해도까지 가서 길을 잃은 건지 통 알 수가 없어, 할아버지는 기억이라는 게 이상하다, 기억해야 할 건 못 하고 순 쓸데없는 생각만 난다면서, 눈발이 날리면 누이가 겨울 내 모아 둔 도토리를 물에 담가 휘휘 젓던 게 기억나고 안개가 자욱하게 흐린 날 아버지가 나무 기둥에 개를 묶던 모습이 기억난다, 개를 왜 묶어, 아버지? 하니 이건 호랑이 덫이다, 호랑이가 개를 물면 기둥이 무너지면서 돌무더기가 쏟아지는 거야 했던 게 기억나는데 왜 그게 생각나는지 통 모르겠다. 그때만 해도 호랑이가 많았거든, 밤만 되면 마을로 내려오거나 산길에서 사람을 덮쳤는데 누이 말에 따

팬텀 이미지

르면 호랑이는 사람을 만나면 발톱으로 땅 긁어 파낸 돌을 던진다, 이때 겁먹지 않고 호랑이가 하는 대로 똑같이 돌을 던지면 슬그머니 꽁지를 감춘다고 자신은 두 번이나 그렇게 살아남았다고 한 게 기억난다. 해방되고 조선인들이 하나둘 귀환했지만 나는 아무 생각이 없었다, 친척들과 헤어지고 집주소도 잃어버리고 돈 한 푼 없었어, 징용당한 이들은 몰려가서 배 타는데 나는 신문 배달하고 낮엔 낫토 팔아서 연명하고 그랬다, 그러다 야시장에서 책을 파는 일본인 사장이 같이 일하자 그래서 같이 일했지, 그때는 집이 그립거나 옛 생각 나거나 하지 않았는데 나이가 들수록 어린 시절이 가까워지고 앉아서 기억만 들여다본다, 신문 기사를 오려 놓은 것처럼 기억의 일부만 선명해지고 앨범을 보듯 그걸 보는 게 좋다, 좋을 것도 없는데 그렇다. 김부환 씨는 북해도의 조선인들과 교류하지 않았고 매일 일만 했다. 아들도 낳고 며느리도 보고 손자도 봤지만 아내는 병에 걸려 죽었고 아들은 자살했고 며느리는 사라졌다. 그러고 하나 남은 손자의 손을 잡고 50년 전에 헤어진 가족을 찾아 도큐 호텔로 온 거야. 김부환 씨의 사연을 안타깝게 여긴 일본인 이웃 다마가와 히카리가 대신하여 다음과 같은 편지를 한국 신문에 기고한다. 얼마 전 TV 뉴스를 보다가 한국동란으로 헤어진 이산 가족 찾기 캠페인 화면을 보고 크게 감동했읍니다. 그런데 우리 이웃에도 제2차 세계 대전으로 불행해진 한국인 한 사람 있읍니다. 이름은 김부환 씨입니다. 출생지는 충남 서산군 근흥면 수룡리로 16세 때 친척 등과 북해도에 왔다가 몇 해 후 헤어져 지금까지 행방을 모릅니다. 고향에 농사짓는 아버지와 누이가 있었으나 한국말과 글을 잃어버려 쓸 수도 말할 수도 없어 이 편지에도 쓸 수가 없읍니다. 힘이 될까 해서 일본 사람으로 대신 펜을 들었읍니다. 10월 13일부터 경주 도큐 호텔에 김부환 씨와 그의 손자가 묵을 예정입니다. 연고자는 찾아주십시오. 호텔에서 겨울을 보낸 뒤 할아버지는 목소리도 잃고 시력도 잃었다, 환한 대낮에도 불 꺼진 지하실에 있는 것처럼 더듬거리며 움직이거나 거의 움직이지 않았고 모리, 모리, 하고 입을 벙긋거리면 내가 달려가곤 했다, 할아버지 부른신다, 사람들은 말했고 호텔의 가장 싼 방도 당시로서는 아주 비싼 방이었을 텐데

팬텀 이미지

어떻게 그렇게 몇 년을 버티고 또 버텼는지 모르겠어, 시간이 잘 갔다, 우리는 호텔에서 한 발도 나가지 않았고 총지배인인 하시모토 다케시가 방을 바꿔 주는 데 따라서 이방으로 저 방으로 옮겨 다녔어, 나는 방에서 TV만 봤는데 그 모양을 본 다케시가 책을 가져다주었어, 손님들이 두고 간 책 중에서 선별한 거 같은데 기준이 뭐였는지는 모르겠어, 그중 쥘 베른의 책은 너무 재미가 나서 읽고 또 읽었지, 노틸러스 호는 수에즈 운하를 통과하지 않고 지중해로 갑니다, 네모 선장이 말하는 거야, 아로낙스 박사는 어떻게 그런 일이 가능하냐며 놀라지, 네모 선장이 말해, 아래로 갑니다, 노틸러스 호는 지하의 아라비아 터널을 통해 수에즈를 지나 펠루시움 만으로 갑니다, 아래로, 행운과 추론으로 길을 발견합니다, 사내는 말하며 하시모토 다케시가 1990년 서울의 롯데 호텔로 가기 전까지 우리 뒤를 많이 봐줬고 아마 방 값의 절반은 안 받았을 거라고 말했다. 하시모토는 일본인 치고 상당히 큰 키와 몸집을 가지고 있었지만 이동할 때 소리가 나지 않아 직원들은 그를 닌자 또는 가게무샤라고 불렀어. 말도 없고 표현

도 없고 음침한 게 그 앞에만 가면 주눅이 든다고 직원들
은 수군거렸지만 딱히 나쁘게 하는 건 없었고 손님들 사이
에선 오히려 칭찬이 자자했지, 하시모토는 나와 할아버지
를 아껴 하루에도 몇 번씩 방을 들락날락했다, 할아버지
와는 필담을 나눴는데 그게 무슨 이야기인지 그때는 몰랐
어, 다만 하시모토가 한번은 서산에 갔다 왔고 할아버지
가 알려 준 장소를 중심으로 샅샅이 뒤졌지만 김 상 가족
은 찾을 수 없었다, 서산은 김 상의 기억과는 완전히 다른
도시가 되었다, 라고 말한 것이 기억나, 내게도 이야기를
해주며 모리는 알고 있어라, 하시모토의 어머니는 다이쇼
14년, 그러니까 1925년 경성에서 태어나 일본이 전쟁에
패한 1945년 11월까지 신교초에 살았고 하시모토는 유년
시절 내내 어머니에게 경성에 대한 이야기를 들었다고 했
어, 게이조의 여름은 이렇게 축축하지 않아, 게이조의 겨
울은 이렇게 밍밍하지 않아, 전쟁만 아니었다면 일본 같
은 좀스러운 섬나라에는 돌아오지 않았을 거야. 본래 규
슈의 하카다에서 살았던 하시모토의 어머니 집안은 양품
점을 하던 것이 잘못되어 모든 재산을 날리고 오사카를 거

팬텀 이미지

처 1908년 경성으로 이주했다, 하시모토의 외조부는 조선 총독부에서 일했고 어머니도 청화여숙을 졸업한 해에 총독부 인사과 서무계에 취직했지만 몇 달 안 돼 히로시마와 나가사키에 특수 폭탄이 떨어졌고 소련군에 쫓긴 일본인들이 남하했어, 천황이 항복 선언을 한 이틀 후였나 그랬다고 어머니는 말하며 용산 제이고녀 운동장에 젊은 군인들이 잔뜩 모여 있었어, 회령에서부터 100킬로미터를 걸어 야반도주했다고 하는데 꼴은 엉망이었지만 살았다는 안도감 때문인지 철이 없어서인지 천진난만한 표정으로 농담을 했지, 하시모토의 어머니는 손에 바리캉을 들고 군인들의 불에 그을리고 더러워진 머리를 깎아 줬다고 한다, 그때 그녀가 알게 된 건 이들이 정말 어리구나, 수염도 나지 않을 정도로 어리구나, 어떤 소년은 열 살이 갓 넘은 것처럼 보이기도 했어, 전선에 배치되자마자 도망만 쳤다고, 돈을 벌어야 하는데 다이조부, 다이조부 하며 중얼거렸어. 종전 후 어머니 가족은 본래 집에서 쫓겨나 여기저기 옮겨 다녔다고 한다. 내지에 집이 있는 사람들은 진작에 돌아갔지만 우리는 게이조가 집이었고 돌아갈 곳이라곤 없었어, 아무도 우리를 부르지 않았고 우리도 갈 생각이 없었지만 본토로 갈 수밖에 없었다, 그런데 갈 곳이 없을 때는 어디로 가야 하는지, 갈 곳이 없는데 가야 하는 건 무슨 일인지 지금 생각해도 모르겠다. 잔류를 원하는 일본인들을 위해 소공동에 있는 경성 YMCA에서 오쿠야마 센조 교수가 한국어 강좌를 열었어, 하룻밤 사이에 매진이 됐지, 이제와서 한글을 배우겠다는 일본인이 줄을 섰고 나도 그중 하나였지만 강좌는 미군의 훼방으로 금방 끝나고 말았다, 하나, 둘, 셋, 넷, 가, 갸, 겨, 교, 모두 그때 배운 거야, 어머니는 말했고, 11월 중순 우리는 경성역에서 기차를 타고 부산으로 갔어, 관부 연락선을 타려면 순서를 기다려야 한다 그래서 야밤에 한참을 걸어서 소학교로 갔다, 우리 같은 사람들이 가득했고 보초를 서는 군인들의 발소리가 밤새도록 들렸어, 씻지도 못하고 불안한 마음에 모포를 뒤집어쓰고 서서 잤던 기억이 난다, 배를 타고 일본으로 갔지만 내지인들은 우리를 발가벗기고 DDT로 소독했고 그때의 비참한 기분은 지금까지 생생해. 하시모토의 어머니는 하시모토에게 말했고 하시모토의 아버지와 이혼한 것도 너희 아버지가 내지인이기 때문이라고 했다, 나는 아무래도 내지인과는 못 살겠다, 게이조에서 일본인 교수도 수업 때 말했어, 너희 외지 여자들은 내지 여자들과 다르다, 너희는 정숙하지 않아, 하시모토의 아버지도 말했다, 엄마는 행실이 바르지 않아. 하시모토는 열 살 이후로 아버지를 한 번도 보지 못했고 도쿄 산노 호텔에서 일하던 시절, 어쩌면 저이가 아버지인가 싶은 손님이 있었지만 모른 척했다고 한다, 아버지가 보고 싶었느냐면 아니, 그는 어머니로 충분했고 늘 일본을 떠나고 싶어 했다고 사내는 말했다. 나는 열 살 되던 해부터 호텔 뽀이들을 따라다니며 일했어요, 하시모토는 내가 뭘해야 하고 뭘 하지 말아야 하는지 말해줬지요, 손님의 말을 주의 깊게 들어야 한다, 손님 말을 모두 기억해야 하지만 어디서도 손님이 한 말을 전하면 안 되고 그들의 행동도 못 본척 해야 해, 오갸사마, 오갸사마, 손님의 요구를 손님보다 먼저 알고 움직이지만 너무 앞서나가면 안 된다, 보이지 않고 나서지 않고 말하지 않는다. 호텔에서는 하지 않아야 할 것투성이었지만 나는 어쩐지 그게 편했고 하시

모토 역시 마찬가지였다, 유니폼을 빨고 뷔페 음식을 나르고 시트를 정리하고 수영장 물을 빼고 낙엽을 쓸면서 어릴 적 들었던 일본 노래를 흥얼거렸어, 아, 토쿠리쇼 쇼쿠리쇼 소란 소란 소란, 증조할아버지와 고모할머니가 오기를 기다렸는데 결국 안 왔지, 어쩌면 엄마가 올지도 모른다고 생각했지만 뽀이들은 코웃음 쳤어, 너는 일본 놈이냐 한국 놈이냐, 시비를 걸었지만 하시모토가 늘 중재를 했다, 그러나 하시모토도 혼란스러워 보였어, 모리는 일본 놈이냐 한국 놈이냐, 어머니는 일본 년이냐 한국 년이냐, 그러나 그들 모두 어디서도 행복하지 않았고 아주 잠시 좋았던 적이 있을 뿐이었지, 어머니는 할아버지를 따라 메이지마치의 프랑스 교회 근처에 있는 궁도장을 갔던 시절을 기억한다, 아마 1930년대 중반 쯤이었을 거야, 할아버지는 활 쏘는 게 취미였고 조선인들과 시합을 하기도 했어, 모두 예의 바르고 친절하고 평온하던 시절이었다, 인왕산 중턱에서 조선 총독부의 푸른색 돔을 보며 하이켄스의 세레나데를 들었고 전선에 나간 병사들을 생각하며 부드러운 슬픔에 잠기곤 했다고 어머니는 말했어, 게이조가 식민지라는 사실도 몰랐던 때였지, 아무도 그런 말을 하지 않았고 알 필요도 없었으니까. 하지만 나도 몰랐다, 사람들이 왜 나를 싫어하는지, 할아버지가 왜 북해도에서 살게 됐는지 몰랐고 호텔에서 사는 게 이상한 건지도 몰랐어, 할아버지와 내 이야기를 들은 공무원이나 기자가 와서 뭔가 물어보기도 했지만 할아버지의 상태를 보고 그냥 돌아갑니다, 강제 징용당한 사람들은 명단에 남아 있는데 할아버지는 자료도 없고 증명할 게 아무것도 없다, 16세까지 한국에서 살았다는 사람이 한국말 하나 못하니 한국인인지 아닌지 누가 알겠습니까. 도큐 호텔은 1990년 콩코드 호텔로 이름을 바꾸고 영업을 계속했지만 과거의 영화를 잃은 지 오래였고 사내는 콩코드 호텔이 문을 닫는 2014년 말까지 지하 아케이드와 수영장, 테니스장을 청소하며 살았다고 말했다. 호텔은 경영난으로 2001년 이후 임금을 체불했고 자신은 10년 넘게 월급을 받지 못했다고, 그래도 파업이나 항의 한 번 안했지요, 동료 직원들은 저를 기생충, 쪽바리라고 부르지만 빈방에서 묵고 남은 음식을 먹고 수영장에 앉아 소일할 수 있다면 그걸로 됩니

　　　　　　　　　　　　　　　팬텀 이미지

다, 저는 가족도 없고 거처도 없고 갈 곳도 없고 가진 건 이 호텔밖에 없습니다.

버려진 수영장에는 낙엽이 가득했다. 갈라지기 시작한 아이보리색 벽면에서 시멘트 가루가 떨어졌다. 오후 4시였고 기울어진 햇살이 호텔 뒤편 산책로를 비추었다. 한기와 상우는 외투를 벗고 산책로를 걸었다. 어떤 우연이 있고 우연들이 겹쳐서 일어나면 그것을 우연이라 부를 수 있을까. 이미 일어난 일을 우연이라 할 수 있을까. 나는 일이 겹치는 걸 좋아하고 일을 생각하고 바라보면 어느 순간 멀리 떨어진 곳에서 서서히 일의 중력이 서로를 끌어당기는 게 보인다. 그러니 어디로든 가야 한다. 무엇이든 읽어야 하고 어떤 이야기라도 해야 한다. 나는 한기와 상우가 서로를 바라보는 모습을 찍었다. 햇살이 그들 사이로 길게 들어왔고 화면 가득 따뜻한 빛이 흘렀다. 사진만 보면 겨울 초입이라고 생각할 수 없을 거 같아요. 한기가 말했다. 나는 얇은 주황색 반스를 신고 있었고 발이 시렸지만 더 걷고 싶었다. 상우가 수영장 뒤쪽을 가리켰고 사내는 자물쇠가 걸린 철창 안에서 우리를 기다리고 있었다. 우리는 철창을 넘어 호텔 안으로 들어갔다. 방들은 2014년 이후 조금도 변하지 않았어요, 어쩌면 2010년 이후이거나 1990년, 1983년 이후일지도 모릅니다. 우리는 거미줄이 처진 복도를 걸었고 관광객들이 부산스레 짐을 챙기는 모습, 로비의 소파에 앉아 사진을 찍는 모습, 가운을 입고 풀에 뛰어드는 모습을 보았다. 다나카 히데미쓰는 학창 시절 조정 선수로 활약했고 올림픽에 나가 동메달을 땄지만 큰 골격과 어울리지 않는 미숙한 얼굴을 평생 못마땅해했고 운동선수로 살다 죽을까 봐 두려움에 떨었다. 그래서 책을 읽기 시작한 거예요. 그래서 다자이 오사무 같은 시답잖은 작가에게 빠진 거고 그래서 자살을 시도한 거고. 내가 말했다. 다나카 히데미쓰의 「취한 배」는 1940년대 경성을 배경으로 펼쳐지는 스파이 소설이다. 데카당스한 내지 작가인 사카모토는 대동아문학자회의의 환영 행사를 담당하게 된다, 환영 행사에는 러시아 스파이 소냐와 조선 문학 평론가이자 독립 투사 최건영, 사카모토와 플라토닉 러브에 빠진 시인 노천심, 권력에 눈이 먼 가라시마 박사까지 초대되어 비밀 공작 문서를 놓고 암

투를 벌이고 행사는 엉망이 된다. 다나카의 실제 삶이 투영되어 있는 이 소설에서 사카모토는 노천심과 남산의 조선 신궁을 오르며 생각해요, 나는 바보다, 죽은 쥐다, 위장과 생식기뿐인 괴물이다, 죽음을 기다리는 일만이 나의 인생이다. 나는 식민지 관료 주제에 응석받이 같이 빌빌대는 다나카의 모습, 일본은 도저히 인정할 수 없지만 조선을 돕기에는 믿음도 의지도 지성도 모자랐던 어리석음에 끌렸다고 말했고 지하철도영단에서 일하는 다나카와 김신의 인연에 대해 어머니에게 들었다고, 어머니가 정미이며 다나카가 쓴 소설에 대한 소설을 쓴 소설가에 대한 소설을 쓸 생각이었다고 말했다. 경주에 오길 잘했네요, 한기가 말했고 상우도 경주에 잘 왔다고 했다. 그런데 다나카가 경주와 인연이 있다는 사실은 경주에 다녀온 뒤에 알게 됐는데 상우와 한기는 뭘 잘했다는 건지 알 수 없었고 어느 순간 강한 기시감이 들었다. 둘과 이런 대화를 한 적이 있었고 눈 쌓인 북해도를 끝없이 걷는 노인과 소년, 한국말을 모르는 한국인, 바싹 마른 몸에 링거를 꽂고 발코니에서 죽어 가는 노인과 수영장 청소부의 뒤를 쫓아 미국

남부를 떠도는 소설가와 핀이 나간 사진에 찍힌 여자의 실종에 대해서 긴 대화를 나눴다. 쇠사슬로 정문이 잠긴 호텔 로비 입구에 앉아 과거의 꿈과 공포에 대해서, 사랑하는 사람을 여러 번 잃고 갖는 것에 대해서 이야기했다. 다나카 히데미쓰는 다자이 오사무의 묘지 앞에서 자살했고 김신은 남산 외국인 아파트에서 살며 웨스틴조선 호텔에서 일했다고 어머니는 말했다, 1980년대 초였나 1970년대 후반이었나 서울에 놀러간 어머니는 김신의 집에서 묵었는데 정확히는 김신의 집이 아니라 어느 일본인의 집이었는지도 모르지만, 그런 아파트는 처음이었다고 수영장이 단지 안에 있고 웃통을 벗은 외국인들이 신문을 읽거나칵테일을 마시며 선 베드에 누워 있었어, 아파트 뒤로는 남산의 우거진 숲이 보였고 김신은 가까이 있는데도 아주 멀리 있는 것처럼 더 이상 동창도 아니고 친구도 아닌 것처럼 보였다고, 그 이후 오래 김신의 소식을 듣지 못했는데 한참이 지난 후 삼풍백화점이 무너질 때 죽었으며 지하 아케이드에서 양품점을 했었다는 이야기를 동창을 통해서 들었다고 어머니는 말했다.

곧 해가 질 거예요. 우리는 해가 지기 전에 불국사를 보기로 했고 경주역에서 렌트한 SUV를 타고 보문단지의 원형 교차로를 돌아 경주 남산을 올라갔다. 붉게 물든 도로가 산 위로 뻗어 올라갔고 상우는 조수석에 앉아 뒷좌석의 한기를 찍었다. 한기의 얼굴이 잠깐 마츠다 류헤이처럼, 눈밭에서 드뷔시를 연주하는 조성진처럼 보였고 자전거 탄 소년들이 언덕을 내려가는 모습을 봤고 상우는 전생을 보는 거 같다고 말했다. 한기 씨는 학교 다닐 때 어땠어요? 상우는 한기가 뒤로 걷는 모습을 상상했다. 자전거가 거꾸로 언덕을 올라가는 모습, 호텔 수영장의 물이 넘쳐 로비로 흘러들어 가는 모습, 보문호 주변을 밤새 맴도는 군용 차량을 떠올렸다. 평범한 학생이었어요. 한기가 말했다. 한기의 고교 동창들, 하정, 주환, 진영. 나는 그분들을 본 적 없지만 그들에 대한 이야기를 듣는 게 좋았다. 한기는 고2 때 복도에 1초 정도 떠 있었다고 말했다. 떠 있었다고요? 네. 진심이에요? 네. 고등학교 때 다들 그런 경험 하지 않나요? 한기가 말했고 상우는 고개를 저었다. 당할 수가 없네요. 어둠에 잠기기 시작한 불국사 입구로 서

너 명의 중국인 관광객이 빠져나왔다. 우리는 불국사 안으로 달려갔고 상우는 카메라의 감도를 높여 사진을 찍었다. 추위로 볼이 팽팽하게 당겨졌다. 떨어지기 직전인 단풍들은 동영상 속에서, 상우의 카메라 안에서 붉게 타올랐다. 우리는 아주 잠깐 신라 시대의 사람들에 대해서, 과거에 대해서 얘기했다. 아무리 생각해도 흔적을 이해할 수 없고 기억을 이해할 수 없어요. 그건 모두 존재하지 않았거나 지금도 존재하는 것이라고 생각해요. 존재했었다는 개념을 이해할 수 없다. 그게 무슨 말이죠? 불국사를 나올 때쯤 해는 완전히 졌고 텅 빈 주차장에 홀로 있는 렌터카는 어둠과 식별하기 힘들었다. 차 안이 따뜻해지기 전까지 아무도 말하지 않았고 밤의 경주를 지나는 동안 여행이 곧 끝난다는 사실을 알 수 있었다. 얼마 전 한기의 딸이 태어났다. 이름은 수아다. 우리는 경주에서 수아의 이름을 수십 개 지었지만 어느 것도 마음에 들지 않았다. 한기는 수아의 이름을 수아로 정했다고 말했다. 경주 여행이 수아를 보기 전 마지막 여행이라는 사실을 우리 모두 알고 있었다. 상우와 나는 수아에게 부끄러운 사람이 되지 말자고

했다. 수아의 태명은 삐삐고 나는 수아가 겨울에 태어난 게 마음에 든다.

# " 모든 부분이
중심이 되는 소설 "

정지돈

「팬텀 이미지」는 어디서, 어떻게 시작되었나?

2017년 11월 16일, 오한기, 이상우와 경주에 다녀왔다. 짧은 여행이었고 아무런 일도 일어나지만 않았지만 왠지 좋았다. 이후에 『보스토크 매거진』에서 포토로망 청탁을 받았는데 그때 떠오른 사진이 장보윤 작가의 작품이었다. 경주를 배경으로 한 사진과 공간을 알 수 없는 일본인의 사진 필름에 관한 작업이었고 그 인상이 여행의 경험과 마찰하며 글을 쓰게 된 거 같다.

작가 본인이 생각하는 이 소설의 중심은 어디인가?

중심이 없는 작품이다. 반대로 말하면 모든 부분이 중심이다.

**작가 인터뷰**

### 어떤 장면이 마음에 남는가?

볼 때마다 바뀐다. 마지막으로 교정볼 때는 하시모토의 어머니가 군인들의 머리를 깎아 주는 부분이 기억에 남았다.

### 어떻게 〈팬텀 이미지〉라는 제목이 나왔나?

「리프라이즈」라는 노르웨이 영화에서 따왔다. 영화의 주인공인 필립 라이스너가 쓴 소설의 제목이 〈팬텀 이미지〉였다. 필립은 이 작품으로 데뷔하고 난 뒤 정신적인 문제가 생겨 병원에 입원하고 절필한다.

### 소설을 쓸 때 어떤 방식으로 자료 조사를 하는지?

직접 인터뷰를 하거나 현장을 방문하는 것을 제외한 거의 모든 방법을 동원하는 것 같다. 인터뷰나 현장 방문은 정말 정말 도저히 못 쓰겠다 싶을 때 한다. 실제로 마주치면 실망하거나 상상력이 제한되는 경우를 여러 번 겪었기 때문이다. 아이러니한 건 늘 이만하면 됐다, 더 이상은 못 하겠다, 라고 생각한 뒤에 우연히 찾게 된 자료에서 영감을 받는다는 사실이다.

소설에서 〈내러티브〉는 어떤 역할일까?

중요한 역할?


보통의 독자들이 생각하는 내러티브 중심의 소설과는 다르다. 정지돈의 소설을 조금 더 즐길 수 있는 방법이 있다면?

잘 모르겠다. 이런저런 얘기를 했는데 오히려 더 부담을 갖는 경우가 있어서……. 그냥 재밌게 보셨으면 좋겠다.


최근의 화두는?

세계 진출.


최지수의 일러스트를 보고 본인이 생각했던 이미지와 어떻게 같고 달랐나?

여러 상황이나 요소가 중첩되어 있어 좋았다. 풍경 속의 풍경 속의 풍경이랄까. 여러 레이어가 겹쳐 있는 지점을 표현해 주셔서 감사하다.


그림 작품이 계기가 되거나 영감이 된 적이 있는지?

회화나 일러스트를 좋아하지만 직접적인 계기가 된 적은 없다. 접근이 달라서일까. 아주 좋았던 작품도 소설에 영향을 주진 않는다. 영감은 개념적인 작품들에서 받는 것 같다.

　　같이 일해 보고 싶은 일러스트레이터나 화가가 있다면?
없다. 좋아하는 작가들은 그냥 멀리서 바라보겠다.

　　소설을 쓰는 것이 어떤 즐거움을 주는가?
혼자 있어도 외롭지 않은 기분, 마음에 드는 부분을 쓰면 뭔가 가득 차는 기분 같은 게 있다.

　　소설을 쓸 때 중요하게 생각하는 본인만의 원칙이 있다면?
정직할 것.

　　써놓은 소설에 확신이 들지 않을 때도 있나? 그럴 땐 어떻게 하는가?
오한기에게 보여 준다.

**더욱 색다른 것을 해야 한다는 강박 관념은 없나?**

없다. 사람들이 특이한 걸 하는 작가라거나 아방가르드 작가라는 인식을 갖고 있는 것 같아서 기대에 부응해야 하나, 라는 생각을 하지만 결국 내가 쓸 수 있는 것, 쓰고 싶은 것을 쓰게 된다.

**정지돈에게 〈소설〉은 무엇인가?**

내 인생을 망치러 온 나의 구원자.

**〈소설〉은 어떤 힘을 지니고 있다고 생각하는가?**

가끔 개인의 인생을 바꾸고 사회 제도를 바꾸기도 하지만 대부분 아무런 힘도 없는 거 같다.

**좋아하는 단편 소설을 꼽는다면?**

오한기의 「바게트 소년병」

**어떤 소설을 쓰고 싶나?**

쓸 거라고 생각 못 한 소설.

작가 인터뷰

이 책을 〈테이크아웃〉 한다면 어떤 공간과 시간으로 가져가

고 싶은지?

2017년 11월 16일 경주.

## " 각자가 다른 시간,
평행 우주를 보여 주고 싶었다 "

최지수

「팬텀 이미지」를 읽고 가장 먼저 떠오른 이미지는?

여러 가지 이야기가 액자식으로 콜라주되어 있는 모습이 떠올랐
다. 여러 부품이 도미노로 우연하게 이어지도록 만든 2004년도
혼다 광고 영상도 생각났다.

소설 속에서 인상적이거나 중심이라고 생각했던 장면이나
이미지는?

호텔의 수영장이 가장 인상 깊었다. 페인트가 떨어진 낡은 수영장
에 낙엽이 쌓여 있는 모습부터 외국 드라마나 영화에서 본 듯한
주거 단지에 딸린 수영장까지. 나의 공간은 아니지만 누군가에게

는 익숙한 장소라는 점에서 더욱 다른 사람에게 전해 듣는 이야기처럼 느껴졌다.

**다양한 등장인물과 이야기가 한꺼번에 쏟아지는 정지돈의 새로운 형식의 소설을 이미지화하는 것이 어렵지 않았나.**
사실 읽기에 익숙한 소설은 아니어서 여러 번 읽어야 했다. 하지만 어떤 면에서는 이미지화에 적합한 소설이었다. 서사보다는 이미지와 인상을 중심으로 진행된다는 느낌이 강했기 때문에 오히려 10장의 다양한 이미지를 만들 수 있어 재밌었다.

**평면적이면서도 입체적인 공간 구성이 흥미롭다. 이를 통해 표현하고자 하는 것은 무엇인가?**
각자 다른 시간을 가지고 중첩되어 있는 평행 우주를 보여 주고 싶었다. 소설 속 짧게 지나가는 이야기들, 등장인물의 입을 통해 인용되는 이야기들도 누군가의 세계의 한 조각들이다. 소설에서 잠깐씩 드러난 이야기들의 뒷부분이 차곡차곡 쌓여서 존재하는 모습을 언뜻 내비치고 싶었다.

**여행과 공간을 소재나 주제로 삼아 작업하는 것으로 알려져 있다. 이번에는 소설을 그림으로 표현했는데 평소의 작업 방식과 어떻게 달랐나?**

크게 다르진 않았다. 배경의 이미지가 뚜렷한 작품이다 보니 연극 무대 장치를 꾸미는 것처럼 소설 속 장소를 구성하는 재미가 있었다. 전부터 해보고 싶던 프레임을 통해 여러 이미지를 나열하고 겹치는 효과를 여러 장에 걸쳐 활용할 수 있던 점이 가장 만족스러웠다.

**스타일에 대해서 더욱 고민하는 편인가?**

가장 힘든 부분 중에 하나이다. 한 가지 스타일에 몰두하여 연구하고 싶은 욕심과 다양한 스타일을 실험하며 떠돌고 싶은 충동이 늘 겹친다. 남의 떡이 커 보인다는 말처럼, 내가 그리는 방식을 사랑하면서도 다른 사람의 작업이 흥미로워 보이는 경우가 많다.

**그림에 확신이 들지 않을 땐 어떻게 하는가?**

일단 거리를 두고 정신적으로 체력적으로 건강한 상태인지 자문한다. 확신이 들지 않고 불안한 감정은, 그림에 분명 문제가 있는데 해결점을 찾지 못하거나, 단순히 이 그림의 문제로 받아들이지 못하고 나의 문제로 연장시켜서 나의 미래, 지난날의 잘못 등등으로 과하게 사고가 흘러갈 때 발생한다. 그리고 이런 감정이 널뛰는 상황은 보통 체력과 정신의 건강과 맞닿아 있었다.

요즘 관심을 두고 있는 주제나 생각이 있나?
한동안 소원했던 공룡이 다시 좋아진다. 언젠간 공룡을 주제로 한 책을 만들고 싶다는 생각을 늘 품고 있었다. 이제 그걸 조만간으로 만들기 위해 구체적인 고민을 하고 있다.

색다른 것을 해야 한다는 강박 관념은 없나?
〈아, 이번에는 좀 다른 걸 해보고 싶은데?〉 정도의 욕구가 아니라 무조건 전과는 다른 것을 만들어야 한다는 강박이 심했던 때가 있었다. 그렇게 건강한 상황은 아니었다. 뜬금없는 계기로 지금껏 내가 해오고 좋아하던 것들을 순식간에 부정하고 특정한 지향점으로 바꿔야만 내 상황이 극적으로 좋아질 것이라고 기대했었다. 지금도 여전히 색다른 것을 하고 싶어 하긴 하지만 〈색다를 것〉을 중심 가치로 두진 않는다.

### 어떤 종류의 개인 작업을 하는지?

주로 특정한 공간을 만들어 이야기를 집어넣는 작업을 많이 해왔다. 요즘은 만화에 다시 관심을 가지고 있다. 스토리를 가지고 책이나 출판물로 완성되는 만화가 아니더라도, 만화처럼 프레임과 시각 기호, 텍스트 등을 활용하는 작업을 계획 중이다.

### 그림의 아이디어는 어디서 어떻게 나오는가?

여행을 갔다가 적립해 온 리스트를 활용한다. 그 외에도 일상적으로 얻는 정보들에서 영감을 받는 경우도 많지만, 새로운 작업을 할 때 가장 먼저 펼쳐 보는 건 여행지에서 적어 온 메모와 사진들이다. 나는 낯선 공간에서 유연하고 편안하게 있는 사람이 아니다. 그리고 그런 긴장감과 낯선 느낌이 많은 것을 그냥 지나치지 않게 한다.

### 어떤 도구를 주로 사용하나? 즐겨 쓰는 재료가 있는가?

주로 포토샵으로 작업한다. 아직도 태블릿이 완벽히 손에 익지는 않아서 초반 스케치는 손으로 하지만 후반 작업은 대부분 디지털로 옮겨 왔다.

**그리기 과정에서 중요하게 여기는 것은?**

색감이나 사물, 조형이 그곳에 적절하게 놓여 있는가? 라는 질문을 가장 많이 한다. 그냥 공간의 허전함을 없애기 위해 습관적으로 그리는 것을 최대한 피하려고 한다.


**문학 작품을 읽으면서도 영감을 얻는지 궁금하다. 최근에 어떤 작품을 읽었는가.**

가장 최근에 읽은 소설은 트루먼 커포티Truman Capote의 「차가운 벽The Walls Are Cold」.


**같이 일해 보고 싶은 문인이 있다면?**

황정은 소설가와 일해 보고 싶다. 친구가 추천해 준 『파씨의 입문』으로 처음 작품을 접하고 사랑에 빠졌다.


**그림을 그릴 수 없는 상황이 닥친다면 어떤 식으로 〈그림〉에 대한 욕구를 표현하겠는가?**

어릴 때부터 그런 상황을 가정해 보고 혼자 무서워하곤 했다. 아마 그런 상황이 된다면 나는 그림 말고 다른 것에 몰두하지 않을까 싶다. 나는 조금 편협한 사람이라 내가 잘할 수 있는 분야에 욕심을 느끼고 즐거움을 느낀다. 그림을 그릴 수 없는 상황이 되면 또 다른 내가 잘하는 것을 찾아 목표를 둘 것 같다.

정지돈

대학에서 영화와 문예 창작을 공부했다. 2013년 『문학과 사회』의 신인문학상에 단편 소설 『눈먼 부엉이』가 당선되면서 등단했다. 2015년 젊은작가상 대상과 2016년 문지문학상을 수상했다. 낸 책으로는 소설집 『내가 싸우듯이』, 문학 평론집 『문학의 기쁨』(공저), 장편 소설 『작은 겁쟁이 겁쟁이 새로운 파티』가 있다.

최지수

대학교에서 시각디자인을 공부했다. 여행을 하며 공간과 장면을 수집하고 그곳의 이질감과 긴장감을 그림으로 그리고 있다. 다양한 매체와 협업을 하면서 개인 작업을 하고 있다. 지은 책으로는 그림 일기 『산책이라기엔 다소 높은』, 여행 에세이 『갯강구 씨, 오늘은 어디 가요?』가 있다.

TAKEOUT 13

## 팬텀 이미지

글 정지돈  그림 최지수  **발행인** 홍유진  **발행처** 미메시스

**주소** 경기도 파주시 문발로 314 파주출판도시

**대표전화** 031-955-4400  **팩스** 031-955-4404

**홈페이지** www.mimesisart.co.kr  **email** info@mimesisart.co.kr

Copyright (C) 정지돈, Illustration Copyright (C) 미메시스, 2018, Printed in Korea.

**ISBN** 979-11-5535-143-7 04810  979-11-5535-130-7 (세트)

**발행일** 2018년 10월 1일 초판 1쇄

이 도서의 국립중앙도서관 출판예정도서목록(CIP)은 서지정보유통지원시스템 홈페이지(http://seoji.nl.go.kr)와 국가자료공동목록시스템(http://www.nl.go.kr/kolisnet)에서 이용하실 수 있습니다. (CIP제어번호: CIP2018027537)

이 책은 실로 꿰매어 제본하는 정통적인 사철 방식으로 만들어졌습니다.
사철 방식으로 제본된 책은 오랫동안 보관해도 손상되지 않습니다.

테이크아웃은
단편 소설과 일러스트를 함께 소개하는
미메시스의 문학 시리즈입니다.

·
·
·